KB082344

그때는 그때의 아름다움을 모른다

人 **사십편시선 011**

박우현 시집

그때는 그때의 아름다움을 모른다

2014년 7월 28일 제1판 제1쇄 발행
2023년 5월 22일 제1판 제5쇄 발행

지은이   박우현
펴낸이   강봉구

펴낸곳   작은숲출판사
등록번호   제406-2013-000081호
주소   10880 경기도 파주시 신촌로 21-30(신촌동)
전화   070-4067-8560
팩스   0505-499-8560
홈페이지   http://www.littleforestpublish.co.kr
이메일   littlef2010@naver.com

ⓒ 박우현

ISBN 978-89-97581-54-2 03810
값은 뒤표지에 있습니다.

그때는 그때의 아름다움을 모른다

박우현 시집

작은숲

지금까지
진달래와 산철쭉을 제대로 구분하지 못해 가슴이 답답했는데
오늘 산에 오르니
문득 한 눈에 그들의 차이가 눈에 들어왔다
진달래꽃은 잎 없이 흐드러지게 피어 있었고
산철쭉은 이제 잎과 꽃눈이 파릇하게 자라고 있었다
작년까지는 봐도 보이지 않더니……
진달래가 지고나면 산철쭉이 바로 피리라.

얼마 뒤에는
아그배나무와 야광나무의 차이가 또 한눈에 들어왔다.

'문득'이 문득 오는 것이 아니라는 걸 잘 알고 있지만

어느날 식물처럼 문득

시의 배꼽을 볼 수 있다면 참 좋겠다 싶었다.

| 차례 |

제1부

가을강에서

가을강에서

군위 위천에서 낚시를 한다

가을강은 물빛이 다르다

가을강은 소리가 다르다

가을강의 윤슬은 여전히 아름답지만

10년 전과 잡히는 고기가 다르다

붕어 손맛은 갈수록 보기가 어렵다

식욕 좋고 산란 잘하는

블루길과 배스는 이미 우리 강의 우점종(優占種)이 되

었다.

손맛 잦고 입질 좋은 그들을

좋아하는 낚시꾼도 제법 있다지만

그들이 낚이면

늘 갈등을 하게 된다

우리 수중 생태계를 사막화시키는 이놈들을

도대체 어떻게 처리해야 하는지

우리 아이들에게는 어떻게 가르쳐야 하는지
잡는 족족 패대기쳐 버릴까
매운탕을 해 먹을까
소금구이를 해 먹을까
개 사료로나 보내 버릴까

날이 어둑해져도
그 어느것도 마음에 내키지 않는다
이들이 이 땅에 어떻게 들어왔던 간에
이미 들어온지 수십 년이 지났으니
이제 그들 살지 않는 곳 없으니
적응 잘하여 자자손손 살고 있으니
단어로 친다면 외래어쯤 될까
외래어는 이제 우리말 아닌가
식물로 말하면 개망초쯤 될까
개망초는 이제 우리꽃 아닌가

그들 또한 위천을 뛰노는 신명난 생명이 아닌가
낚싯대를 거둘 시간이 되어도
그들을 죽일 뚜렷한 죄 찾지 못한다.

오늘은 그들을 강으로 다시 돌려 보낸다
다음 낚시 때도 같은 고민을 할 것 같지만
생(生)은 언제나 이념과 논리 앞에 있으니
그 옆에는 또한
눈 마주치는 쓸쓸한 연민 있으니.

고디* 줍기

고디를 줍습니다
고디 줍기야 다리품만 있으면 되지만
그래도 원칙은 있는 것 같습니다.

먼저 엉덩이를 높이고 눈은 가능하면 물과
가까이 해야 합니다
아니하면 놓치는 게 더 많지요.

다음에는 아래에서 위로 물을 거슬러 올라가야 합니다
아니하면 물이 흐려져 보이지 않지요.

여럿이서 주을 때는
나란히 서서 한 걸음씩 보조를 맞추어야 합니다.
아니하면 뒷사람은 공치지요.

그리고 작은 녀석까지 잡으면 아니 됩니다

그러면 내년에는 쓸쓸한 강이 되겠지요
반딧불이는 더더욱 구경하기 어렵겠지요.

고디가 사는 깨끗한 물에는
꺽지, 동사리, 갈겨니, 쉬리, 밀어 같은 물고기도 한 자리를
차지하고 있습니다.
함께 어울려 사는 그들을 보면서 즐거움과 안복을
얻는 것도 어떤 원칙이 될 수 있을지요?

* 다슬기의 경상도 사투리

순천만에서

그래서
순천(順川)이구나
만(灣)이구나
강물이 갈대와 천천히 이야기 나누며
유유히 유유히 남해로 흘러가는구나.
갯벌은 콩게를 부르고 콩게는 짱둥어를 부르고
짱둥어는 철새를 부르고 철새는 사람을 부르고
사람은 또 사람을 부르고
생명은 늘 이리 다른 생명을 부르는구나.

그런데
순천만은 참 자본주의적이더라
무슨 말이냐고?
갈대밭과 갯벌에 돈이 지천으로 널려 있더라
짱둥어가 돈을 벌고
갈대와 칠면초가 돈을 벌고

왜가리와 흑두루미가 돈을 벌고
밑이 보이지 않는 검은 물과 콩만한 콩게도 한몫 하더라
인위를 최소화하여 자연으로 돈을 벌더라
교과서에서만 보던 무위자연을 여기서 보더라
용쓰지 않고도 돈을 참 쉽게 주워 담더라
가장 자연적인 것이 가장 자본주의적이더라.

늘 뭘할까 고민 많은 지자체 단체장들
혈세 낭비하는 축제들 이제 그만들 하시고
순천만에 한 번 가볼 일이다
어떻게 돈을 버는지 한 수 배울 일이다.

그런데
4대강 사업은 도대체 어떤 적(的)일까?

껍지

그는 킬리만자로의 표범과 닮았다
그는 싸움을 잘한다, 물고기의 왕이다
그는 먹이를 위하여 서둘지 않는다, 어슬렁거린다
그는 죽은 것을 결코 먹지 않는다, 차라리 굶어 죽는다
그는 고독하다, 늘 혼자다
그는 고독하지 않다, 고독마저 권태로울 때
큰 입으로 하품할 뿐이다.

아니 아니, 그는 어느 사내를 닮았다.
꿈은 잃어버리고
땅콩 껍질 같은 욕망만 남아
쓸쓸해 하는

뱀장어

지난 여름 친구들과 오래간만에
군위 위천에서 반두로 천렵하다
천렵은 모든 감각을 웃게 한다
수초 속을 집중 공략하다 뱀장어 한 마리 건져올리다
환호성이 터지다
중자급, 힘과 때깔이 보통이 아니다, 청자빛이 돈다.

뱀장어는 인간이 그 탄생의 순간을 보지 못한 거의 유일
한 물고기라 한다. 태평양과 대서양 수천 미터 깊은 바닷
속에서 알을 낳는 것으로 추측된다. 그러니 인공수정이 불
가능하고 실뱀장어를 잡아 키울 수밖에 없다 한다.

인간 지식의 유한함과 턱없는 오만함을 일깨워수는
신기하고 매력 있는 녀석
격론 끝에 매운탕의 위기에서 벗어나
다시 강으로 되돌아가다.

뱀장어가 들어가지 않아도
그날 매운탕은 맛있었고 소주는 달았고
왠지 기분이 좋았다.

버들붕어

버들잎을 닮았다고 해서
버들붕어라 한다
지느러미는 물의 폭군 가물치를 닮았다
모양과 색이 아름답고 이국적이라 관상용으로 손색이
없다.

늪과 같은 고인 물을 좋아하고
흐리고 탁한 3급수에도 잘 견딘다
옛날에는 가장 흔한 물고기 중의 하나였지만
요즘은 찾아보기 무척 어렵다
직강하천과 제방과 외래종이 판을 치는 곳에서
그들은 갈 곳이 없다.

봄철 그들의 사랑을 보라
오묘한 하늘빛 혼인색을 띤 수놈이
암놈의 배를 휘감고

미리 만들어 둔 거품집에 산란을 한다
격렬하다, 이종격투기처럼
누추하고 궁핍한 수족관에서
무지개빛 사랑을 한다.

아, 그들 사랑
어디서 다시 볼 수 있을까?

위천 보고서

1. 6~70년대

경북 군위군 우보면 이화동

해질 무렵

동네 어른들을 따라 위천 거랑에 나간다

은빛 물결이 춤을 춘다 눈이 부신다

어른들이 투망을 던진다 물 반 고기 반이다

피라미, 갈겨니, 기름종개, 새코미꾸리, 중고기, 몰개, 모래무지,

밀어, 동사리, 꺽지, 돌고기. 누치…양동이에 그득하다

어른들은 초장에 바로 찍어 회로 먹는다

소주 한잔 걸친다

눈 감으면 떠오르는

퇴색하지 않는 내 유년의 풍경화 한 폭.

2. 8~90년대

군위군에 돼지 축사가 엄청 들어섰다

거기에서 흘러 나온 오폐수가 위천을 뒤덮었다

2급수 고기들은 산소통을 메고 다녔다
3급수 고기들도 마스크를 하고 다닐 수밖에 없었다
1급수 고기들은 벌써 세상을 등졌다.

3. 2000년대
축사가 많이 줄어 들어 예전보다 환경이 많이 좋아졌다
하지만 언제부턴가 홍수 방지용으로
피라미드 같은 제방이 죽죽 들어섰다
고기들이 산란하고 쉴 자리가 없어져 버렸다
물은 제법 맑아졌지만
큰납지리, 줄납자루, 납지리, 납자루, 쉬리, 송사리, 버
들붕어……
아름다운 물고기들은 모두 사라져 버렸다
배스, 블루길 같은 외래종의 기승에
붕어마저 구경하기 어렵게 되었다
새 없는 하늘 같은 쓸쓸한 강이 되었다.

황소개구리를 위하여

제가 토종 물고기의 씨를 말린다구요
닥치는 대로 모든 것을 다 잡아 먹는다구요
뱀도 잡아 먹어 먹이사슬을 무너지게 한다구요
천적도 없다구요

저는 아무 죄도 없답니다
그건 하나님이 제게 주신 저의 본능입니다
제가 오고 싶어서 진정 이 땅에 온 것이 아닙니다
사람들의 허황된 욕심 때문이랍니다
저를 다시 고향에 보내 주세요
저도 제 땅에서 친구들과 더불어 행복하게 살고 싶습
니다.

삼지창으로
낚시로
튀김으로

탕으로
잔인한 학살이 있었다
지금도 계속되고 있다
이곳은 그들의 아우슈비츠.

동선(動線)에 대하여

사람들은 학산에 대해 이렇게 불평한다
산이 너무 낮아 한 시간 산행을 하기 어렵다고
코스가 너무 단조로워 동선이 빈약하다고

운동만 하러 산에 가시는가
땀만 빼려 산에 가시는가
유행가나 뉴스 들을려고 산에 오르시는가

이것은 어떤가
청설모나 다람쥐와 눈도 서로 맞추어 보고
도룡뇽 산란한 것도 보고
무당개구리 배영하는 것도 보고
도마뱀 따라 길 없는 숲으로 들이가 보기도 하고
씀바귀와 고들빼기를 구별해 보기도 하고
떡갈나무와 신갈나무와 상수리나무 잎을 채집도 해
보고

산새들 계곡물에 번개 목욕하는 모습까지
발길 멈추고 바라보게 된다면

그대 산에 있는 시간이 갈수록 길어질지니
동선이 자꾸 복잡해지리니
동선은 그대가 스스로 만든다는 것을 알게 될지니
동선을 보면 그 사람을 알 수 있다는 말이 이해되리니
그만큼 그대 삶의 숲은 유현해지리니.

궁금하다

학산 길섶에서 흩날리고 있는 까치 깃털이 궁금하다
비만 오면 어디선가 나타나는 맹꽁이가 궁금하다
어미를 본 적 없는 웅덩이 속 도롱뇽알이 궁금하다
겨우내 잠잠하다가 봄이 되면 껑껑 우는 꿩이 궁금하다
무릎 꿇어야 겨우 보이는 풀 이름이 궁금하다
꽃 피어도 헷갈리는 나무 이름이 궁금하다
모감주나무가 7월에 황금꽃을 피워도
팥배나무가 저리 붉게 열매를 맺어도
푸조나무가 아파트 단지 속에서 위풍당당해도
그냥 지나치는
그 이름조차 궁금하지 않는 사람들이 궁금하다
나이 들수록 궁금함이 많아지는
내 자신이 궁금하다.

각시붓꽃

사람보다 길이 많은 학산이지만
그래도 사람들이 잘 다니지 않는 길도 있다
오늘 그 길에서 각시붓꽃을 처음 만나다.
내 몸 속으로 전기가 지나가다.
이제부터 이 길을 각시붓꽃 길이라 부르련다
이제 너를 5월의 신부라 부르련다.
날씬한 몸매에 흰 줄무늬가 있는 보라색 상의와
녹색 치마를 입고 있다.

비 온 뒤 맑게 개인
시원한 바람이 부는 오전의 학산
산에는 우리 둘뿐이다.
아니다
박새는 랩을 하고
꿩은 피처링을 하고
딱따구리는 코러스를 넣고 있다.

키 큰 신갈나무는 춤을 추고 있고

키 작은 물오리나무는 고개를 끄덕이고 장단을 맞추고 있다.

내려다보며 빙그레 웃음짓는 푸른 하늘은 또 어쩌고?

생(生)의 절정이 어찌 따로 있단 말인가!

달개비

여름 아침
달개비들은 일제히 파란 등불을 켜고
뿌윰한 어둠을 걷어내고 있다
이어 미사를 드린다.

이름이 천하다고 해서 그 본질이 천하겠는가
흔하되 흔하지 않고 천하되 천하지 않다
 가장 낮은 곳에서 아름다운 꽃을 피우는 것이 어찌 연꽃뿐
이랴
 가장 낮은 곳에서 저토록 작고 아름다운 꽃을 피우니
 아침마다 내 마음의 등을 환하게 켜주는 꽃이여
 줄기의 마디가 대나무같이 생겨서 두보(杜甫)가 좋아
했다는 꽃이여
 아, 이태석 신부 같은 꽃이여

꽃다지

지금 학교 운동장 잔디밭에는
온통 꽃다지의 봄의 합창 소리로 가득차 있지만
그 소리를 듣는 사람이 보이지 않는다.
이름을 모르면 보아도 보이지 않고
들어도 들리지 않을 터이니
어느 누가 화답하는 관객이 되어 주리오.

우리나라 들꽃들은 어찌들 이리 꽃들이 작은가
무릎 꿇고 눈을 가까이 하지 않으면
잘 보이지 않는다
쪼그리고 앉아 자세히 본다
연록색 셔츠에 하얀 털이 송송 난 가디건을 두르고 있
다.
꽃샘바람이 분다
어떤 녀석들은 노란 모자를 재빨리 쓴다.

김춘수의 목소리로 꽃다지를 불러 본다
나에게 다가와 꽃다지가 된다
다시 김수영의 목소리로 꽃다지를 불러 본다
바람이 불고 서쪽으로 눕는다.

우리 학교 신입생들이 모두 운동장에 모여 섰다
꽃다지도 작은 키를 까치발로 섰다
이렇게
봄이 온다.

양산(陽傘)에 대하여

남자들은 왜 양산을 쓰지 않을까?
금남금녀(禁男禁女)의 구별이 사라진 시대에
귀걸이 목걸이 다 하면서
화장 다 하면서
덥다고 난리치면서
에어컨 펑펑 틀면서
선크림 떡칠해 바르면서
얼굴 검게 탈까봐 여자들 이상으로 신경 쓰면서
참 이상하다.

비 오면 우산 쓰듯이
햇빛 나면 양산 쓰는 것이 뭐가 문제인가
그런데 왜 남자들은
양산을 쓰지 않는가?
쓰지 못하는가?
혹은 누가 쓰지 못하게 하는가?

오늘도 우산 겸용 양산을 쓰고 거리를 걷는다
많은 사람들이 나를 보고 묘하게 웃는다
못마땅한 표정이 훨씬 더 많이 보인다
그러거나 말거나
난 이 더운 여름에 양산을 쓰고 다닐 것이다
양산의 장점을 10개는 충분히 꼽을 수 있으니까 말이다.
일단 시원하고
얼굴이 타지 않고
스콜 같은 소낙비에도 우산 걱정할 필요없고
칙칙한 선크림의 사용을 줄일 수 있고
땀을 적게 흘리니 옷을 덜 버리고
하여 세탁기나 에어컨의 사용이 줄 것이고
그러면 전기료가 적게 나와 경제적이고
당연히 이산화탄소 배출이 줄 것이고
아울러 지구 온난화 문제 해결에도 도움이 될 것이고
때로는 좀 보고 싶지않은 분 얼굴까지 가릴 수 있으니……

개소시랑개비

대구 현대백화점 앞 도로 위에
노란 꽃을 피운 개소시랑개비
자본의 바람에 저리 흔들리며 피었나니.

4대강 공사가 궁금하여
다음날 낙동강 강정고령보에 가봤더니 녀석이
나보다 먼저 도착하여 포크레인 맨앞에 앉아 있었다.
노란 손 흔들며 뭔가 외치고 있었다.
개갓냉이와 개쑥갓도 나와 있었다.

제2부

그때는 그때의 아름다움을 모른다

사이

1
어린 시절 신천에서 물고기를 잡곤 했다
어느 날 물을 따라 올라 가다가 지금은
동대구로가 된 그 어느 지점에서
그리 크지 않은 웅덩이 하나를 발견했는데
형형색색의 물고기들이 늦은 햇살에 반짝이고 있었다
누가 물 속에서 불꽃놀이를 하고 있는 것 같았다
너무 아름다워 잡을 생각을 하지 못하고 다음날을
기약하고 돌아왔지만 갑자기 이사를 하고는
다시는 가보지 못했다.

2
가뭄이 심했던 어느 해
울주군 반구대 암각화를 보러 간 적이 있었다
대곡천을 걸어서 구경을 하고 돌아 나오다가
암각화의 고래와 거의 닮은

고래가 새겨진 손바닥만 한 돌을 주웠지만
가치도 모르고 그만 다시 물 속으로 던져 버리고 말았다.

3
몇 년 동안 사랑했던, 죽은 여자를 오늘 다시 보았다
남편 같은 남자와 딸아이 하나를 데리고
4월 바람 부는 산딸나무 아래에서 사진을 찍고 있었다
깜짝 놀라 다시 보았으나 그녀가 틀림없었다
3년 전 분명 난 그녀를 산딸나무 아래 수목장 했었다.

사량도에서

　마음을 멈추고 다만 바라보았다* 바다에 떠있는 끝없는
부표의 행렬을 바다에서 광란의 춤을 추는 잠자리 떼를 독
이 오른 복어의 하얀 배를 방파제에서 짙은 밤안개를 술
많이 취한 사람과 조금 덜 취한 사람을 낚시하는 사람을
무언가를 응시하는 사람을 술과 노래와 갈치회와 웃음과
감탄사를 만선으로 귀향하는 멸치잡이 배의 흰 눈을 점멸
하는 키 작은 등대를 마음을 멈추고 다만 바라보았다 서서
히 퇴각하는 새벽안개를 지리망산 옥녀봉에서 투명한 물
고기 같은 바다를 길섶에 핀 하늘색 꽃 달개비를 선착장
에서 푸른 젊음을 바다에 떠있는 우울한 욕망의 얼굴을

　마음을 멈추고 다만 바라보았다
　불면 같은
　상처 하나 남해로 가라앉고 있었다

　* 틱낫한 스님의 책 제목 변용

40

그때는 그때의 아름다움을 모른다

이십대에는
서른이 두려웠다
서른이 되면 죽는 줄 알았다
이윽고 서른이 되었고 싱겁게 난 살아 있었다
마흔이 되니
그때가 그리 아름다운 나이였다.

삼십대에는
마흔이 무서웠다
마흔이 되면 세상 끝나는 줄 알았다
이윽고 마흔이 되었고 난 슬프게 멀쩡했다
쉰이 되니
그때가 그리 아름다운 나이였다.

예순이 되면 쉰이 그러리라

일혼이 되면 예순이 그러리라.

죽음 앞에서
모든 그때는 절정이다
모든 나이는 꽃이다
다만 그때는 그때의 아름다움을 모를 뿐이다.

황매산에서

여름 갈매빛 황매산
짙은 안개 속에서 길을 잃다
엉겅퀴, 꿀풀, 큰까치수염, 칡, 참나리, 달맞이꽃 속에서
마음을 잃다
잠시 그리움 잊다
그때 흰눈썹황금새 한 마리
황포돛대바위 희뿌연한 안개 속에서
힐끗 나타났다 금방 서쪽으로 사라지는 것을
아무도 보지 못했다
오직 배낭에 그리움 잔뜩 지고 간 한 사람이 보았을 것
이다.

몸살로 누워 있다가

몸살이라는 단어는 있는데
마음살이라는 단어는 왜 없는 것일까

음양의 이치로 보나
조어법으로 보면 의당 있을 것 같은데
처음부터 만들어지지도 않은 것 같다
이상하다
하여 이렇게 쓰고 싶어졌다.

삶이 변비 걸릴 때 마음살 나겠지
스트레스가 이명처럼 떠나지 않을 때 마음살 나겠지
젊은 백수들 비라도 내리면 마음살 나겠지
생이별하고 사랑이 조각나면 마음살 나겠지
그리워도 전화조차 하지 못하면 마음살 나겠지
시 한편이라도 잘 써 보고 싶은데 죽어라 쓰여지지 않
으면

마음살 나겠지
이렇게 마음살 나면 마음겨누우리라.

사랑은

사랑은 허기지다
사랑은 허랑하다
사랑은 허망하다
사랑은 허룩하고 헐렁하다
사랑은 허방짚고 허방치다
사랑은 허름하고 허술하다
사랑은 허부룩하다 허우룩하다 허우적대다 허전하다
허출하다 허탄하다 허허롭다 허허거리다 헉헉대다 헐떡
이다 헛물켜다 헛방놓다 헛보다 헛되다 헛잡다.

허나 사랑은 불꽃보다 홧홧하여 이들 위에서 꽃뱀 혀처
럼 날름거리고
갈증하여 반짝이는 강물처럼 이어진다.

아름다운 시절

비가 설레임으로 다가오는 때가 있었다
장마 속 소나기가 좋을 때가 있었다
일 년 내내 비가 와도 좋을 때가 있었다.

그럴 제 여름에 내리는 비는 얼마나 싱그러운지
비 맞는 나무는 얼마나 관능적인지
눈을 감으면 귀가 즐겁고
눈을 뜨면 눈이 즐겁고
우산을 쓰고 커피를 마시면서 담배를 피우면
온몸과 오감이 즐거웠다.

비는 가로등불이 켜져도 계속 내렸다
슬며시 황혼병이라도 찾아들고
좋아하는 이들 곁에 있어
노르스름하게 익은 돼지 막창을
청량고추 가득 넣은 막장에 찍어

살얼음이 된 이 시린 소주 한 잔 걸치면
열락(悅樂)이 따로 없었다.

방금 내온 계란찜같이 따뜻한 시간들이
숯불로 사위어갔다
비는 밤새도록 별빛처럼 내렸다
아름다운 시절이었다.

길거리 대화

로또를 못샀네
만 원 벌었지 뭐
그런가?

비 맞는 고구마 삶아 먹으면 맛있겠네
물고구마 같은데
그럴까?

이번 여름 참 덥고 길었지
해마다 그런 소리 하더라
그랬나?

저 아줌마 난전에 처음 나온 것 같지
고개 푹 숙이고
미나리만 바라보고 있네
살까?

그러지.

전설

사람의 마음을 편하게 해주는 여자가 있었다 한다
보여줄 것 하나 없는 그 여자는
보이지 않는 그것 하나로
한 사내의 마음을 얻었다 한다
그 사내는 모든 것을 다 버리고 그 여자와
우리나라 가장 남쪽 섬으로
떠났다 한다
훗날 그들은 섬 푸른 앞바다에서
금슬 좋은 자리돔 한 쌍이 되었다 한다.

문외한(門外漢)

평생을 나름
공부는 꾸준히 해온 것 같은데
문외한 아닌 데가 없다.
초등학교부터 두어온 바둑이 그렇고
10년을 넘긴 테니스가 그렇고
수십 년 한 국어선생이 그렇다
짧지 않은 남편과 아버지의 길이 그렇다
버리지도 껴안지도 못한 시가 그렇다.
늦게 들어선 식물공부는 아직 갈 길이 바쁘다
내공이 되지 못한 그 공부들은 다 어디로 간 것일까?

바닷가 바위에 앉아
종일 과묵한 바다의 입을 바라보았다
이윽고 까치놀 떴을 때 바다에서 소리 하나 들렸던가.
그만
집에 가서

공부나 하거라.

소기만성(小器晩成)이라는 이상한 단어가 떠오르고

혼자 웃었다.

거미와 밥

거미는 항상 경계에 거미줄을 친다.
나무와 나무의 경계
벽과 천장의 경계
자연과 인공의 경계
모서리와 모서리의 경계
삶과 죽음의 경계

거미를 보면
수비는 제대로 하지 않고 늘 공격만 하다가
실점하는 어느 축구팀 생각이 난다.
걸려든 곤충을 먹기도 전에
저러다가 먼저 인간 작대기의 장난에 죽으리라
새들의 먹이가 먼저 되리라
숲 속 가운데 천적의 눈에 잘 띄지 않는
안전하고 무사한 곳도 많을 텐데
왜 항상 그런 위험한 곳에 터를 잡는가

몸을 숨긴 저격수가 될 수도 있을 텐데
왜 어리석고 무모한 짓을 하는가
지금도 무당거미 한 마리 화려한 의상을 입고
패션쇼를 하고 있다
삶과 죽음의 사이를 워킹하고 있다.

문득 어디선가
목탁처럼 머리를 치는 소리 들린다.
밥을 먹는다는 것은 목숨을 거는 일이다.

어느 외과에서

치질에 걸려 본 뒤에야
사람들
그것의 고마움과 가치 안다
미안함 안다
배설의 기쁨 없이 행복 또한 없다는 것 안다.

생각해 보면
배설의 역사 아득하다
태어나서 죽을 때까지 초지일관
오욕의 세월 받아들인다
비움의 자세 버리지 않는다
더러 신음하나
불평하는 소리 한번 하지 않는다
궂은 일 한다고 공치사 한번 하지 않는다
지극정성 자비다.

과식하지 말고
과음하지 말고
비데 좀 살살 사용하고
하루에 한번만 이용해 준다면
그리고
약간의 어둠과 촉촉함과 부드러움을 준다면
더 이상 바라지 않는다.

거시기야
눈물나게 고맙다
똥구멍이 부처다.

무표정한 얼굴을 위한 변명

무표정하다고 비난하지 마라
진딧물에 둘러싸인 식물 같은 얼굴보다 낫지 않은가
무지 슬픈데
견디기 힘든 나날인데
그것을 얼굴에 줄줄 흘리고 다닐 순 없으니
인상만 쓰고 살 수는 없으니
표정 관리도 하고 세상 살아야 하니
별일 없는 듯 어울려야 하니
아무렇지 않은 척 세월 보내야 하니
그렇다고 억지로 낄낄대며 살 수는 없으니
위선 떨며 살기는 싫으니
플러스 마이너스 합이 제로가 되듯이 무표정한 얼굴이 되
는 것
그러니 무표정한 얼굴도 참 인간다운 얼굴 아닌가
눈물나게 노력하는 얼굴 아닌가
비온 날 종일 굶은 길고양이 같은 얼굴보다 낫지 않은가

그러니 너무 나무라지 마라
그도 용쓰고 있다.

비문증(飛蚊症)

비문증이 생겨 안과에 가다가
우연히 보기 쉽지 않은 금목서를 만나다
짙은 향기를 마음껏 맡다.

돌아오는 길에
흰꽃 핀 한련초
올해 처음 만나다.

학교 잔디밭에서 후투티를 만나다
제일 좋아하는 먹이인
땅강아지라도 찾은 것인지 부리를 땅에 박고
열심히 먹이사냥을 하고 있다
지난 여름 우즈베키스탄 고대도시 히바에서 보고
1년 만에 다시 본다
혹시라도 같은 녀석일까?

한쪽 눈에 작은 물방울 같은 것이 음표를 달고 날아다
니며
혹은 까만 날파리 같은 것이 춤을 춘다
호안 미로나 칸딘스키의 그림을 보고 있는 것 같다.

눈병이 싫지 않았던
어느 즐거운 만남들의 하루
복숭아꽃 없는
무릉도원을 보다.

누가 묻기에

어떤 자리에서 어떤 사람이 다음 생에 다시 태어난다면 무얼하고 싶으냐고 묻기에 다시 사람으로 태어나고 싶지는 않고 무생물로 태어나고 싶다고 말했다. 가령 바람 구름 비 안개 파도 돌멩이...난 농담을 한 것이 아니다 나의 말에 그 어떤 저의나 배후도 없다 다만 질문에 지금의 내가 내 마음의 바닥을 보았을 뿐이다 오랜 지층이 보인다. 그것뿐이다.

제3부

들은 이야기

들은 이야기

교육과 항구의 도시 보스턴에는
명물이 하나 더 있는데
크랩이란다
보스턴 크랩이라는 레슬링 용어가 있을 정도로 유명하
단다.

우리가 최고 품질의 자연송이를 딸 때처럼
그해 최고 질이 좋은 크랩을 잡는 철이 있다고 한다.
그쯤하여
하버드대에서는 일 년에 한 번
신입생들에게 그 질 좋은 크랩을 요리해
정성껏 대접해 주는 행사를 가진단다
총장이 그날을 발표하면
보스톤 시민 그 누구도 그날만은
크랩을 사기 위해
시장에 가지 않는단다.

그 크랩을 맛보는 신입생들의 마음은 어떠했을까
존중 받는다는 느낌에 얼마나 뿌듯했을가
어찌 자존감이 생기지 않을 것인가
자존감 없이 어찌 인재가 될 것인가
하버드대가 세계에서 제일 좋은 대학의 하나가 된
이유로 이것도 꼽힌단다.

이제사 알 것 같다.
우리나라에 세계적인 대학이 없는 이유를
기품 있는 아이들이 드문 이유를
자기가 태어나고 자란 도시를 사랑하지 않는 이유를
위가 아래를 섬길 줄 알아야
아래도 위를 섬길 줄 아는 것을

학산1

월성동 학산
학(鶴)을 닮았다고 하는 산
도심(都心) 속에 섬이 된 산
동네 아파트보다 키 작은 산
장마 때만 계곡에 물이 흐르는 산

아직도 꿩과 다람쥐와 청설모가 사는 산
그들이 살아 있음을 기뻐하면서도
동종교배의 부작용을 떠올리다 혼자 실소(失笑)하는 산

어린애들도 쉽게 오르는 산
할배들이 화투 치고 장기 두는 산
무덤가 양지 쪽에서 할매들이 수런수런 얘기하고 윷 노
는 산
시름 많은 사람들이 쉬어가는 산
부실한 사내들이 찾아가는 산

젊은이는 찾지 않는 산
산보다 길이 많은 산
길보다 사람이 많은 산
내게도 애채처럼 작은 길 하나 내준 산

학산2

그 전까지
학산에는 개망초가 하나도 없었다.

강원도 평창 어느 길섶에서 우연히 그 이름을 배웠다
그 이름을 알고
오늘 학산에 오르니
개망초가 지천으로 피어 있었다.

늘 곁에 두고서도
내가 슬픔으로 돌아보았을 때
학산이 처음 거기 있었듯이

나도 계란꽃아 하고 불러 보았다
대답은 몸 숨긴 장끼가 대신 했다.

학산3

내 다가올 세월과 함께 할 것이 무엇이더냐
한 끼의 밥
한 잔의 술
풀과 나무와 물고기와 곤충과 새들
학산과 또 다른 산들과 수목원
시와 일기와 책들
외면할 수 없는 것들
그리고 비와 먼 그대.

학산
중년인 지금 함께 하고 있고
노년을 함께 걸어가야 할 산.
모든 칼이 꽃이 될 때까지
모든 꽃들이 흙이 될 때까지

학산4

학산에도 삽질이 시작되더니
학산이 망가지고 있다
공원을 만든다면서
공연히 길을 넓히고
필요없는 다리를 만들고
밤새 켜져 있는 등을 달아
불면의 나무들은 낮에도 시름시름 잠을 잔다
나무와 풀의 집에 운동기구가 들어서고
이곳저곳 계단을 만드나
사람들은 계단을 애써 외면하고
옛길로 가거나 샛길을 만들어 버린다
산은 공원이 아니거늘.
돈은 돈대로 들어가고
학산은 학산대로 시들어간다.

이게 도대체 뭥미?

이런 걸 데자뷰라 하던가

우린 이런 걸 너무나 많이 봐 왔다.

대한민국의 삽질이여

이제 제발 좀 그대로 두자

신음하는 국토의 소리가 들리지 않는가

산다운 산, 강다운 강, 갯벌다운 갯벌이 보고 싶다

아, 촌스러워서 살 수가 없다.*

* 곽은영 시인의 '한줄 선언'(2009)에서 인용

신허생전

박지원의 〈허생전〉에서
허생이 제수 과일을 매점매석하자
조선 경제가 이리 비틀
허생이 말총을 매점매석하자
조선 경제가 저리 비틀

미네르반가 올빼민가의 말이 유언비어
죄가 되는 것을 보니 그가
허생쯤 되는 인물인 모양이지
이백오십년이라는 시간이 흘러도
지금 경제가 조선 경제와 비슷한 모양이지
한 사람이 농간을 부리면
나라의 경제가 좌지우지 된다고 생각하나 보지
그 동안 우리는 변한 것이 거의 없는 모양이지
개그콘서트가 따로 없네
허생과 변승업이 종로 바닥에서 만나면

손바닥 마주치며 웃겠네
그의 처도 바가지 놓고 웃겠네.

고추바람과 벚나무

누가 저 바람을
무생물이라고 했나
저 심술궂고
집요하고
고약한
놈을!

벚나무의 옷을 다 벗겨 놓았다.
이후 벚나무는 늘 가로 박음질로 잡도리를 하였다.

겨울 앞산

겨울산은 가을산보다 두 배는 넓다
하늘도 그만큼 넓어진다
꽃을 버리고
잎을 버리고
물을 버리고
호젓한 나무만 데리고 있으니

빈틈없이 가득 채운
무거운 배낭이 쑥스러워질 때
군살 없는 쑥새 한 마리 하늘 높이 날아 올랐다
여태 남아 있던 솔방울 하나 톡 떨어졌다.

.

밤을 치다

밤을 치다 보면
당당한 겉과 달리 속은 이미 썩은 밤을 자주 본다
그 속에는 반드시 밤벌레가 들어 있다

그놈을 보면
짜증과 동시에 경이로움을 느낀다

쇠갑옷 같은 껍질을 뚫고
다시 단단한 육질에 길을 내는
이윽고 초토화시켜 버리는
길이 1㎝가 채 되지 못하는 회색빛 벌레

송곳 하나 없이
흐물흐물한 몸 하나로 제국을 몰락시켜 버린다
트로이의 목마처럼
그리고 밤바구미가 되어 날아 오르리라

밤을 치지 않으면
밤벌레는 없다.

주남 저수지

철새는 더 이상 날아오지 않는다
물에 잠긴 검은 나무들은
춤추는 자기 그림자를
언제나 바라보고 있다.

이곳에서 몇 사람이나 자살했을까?
자살하기에 여기보다 좋을 곳은 없어 보인다
서해바다보다 더 황량하다
물고기 사라진 강보다 더 적막하다.

죽고 싶은 자 여기로 오라
죽지 못해 벌레같이 사는 자 여기로 오라
꽃봉우리처럼 살고 싶은 자 여기로 오라
종일 방둑에 앉아 저수지 풍경을 바라보라
누워 철새들 사라진 하늘을 하염없이 바라보라
시나브로 황량함과 적막함이 그대의 온몸을 적시면

밤이 채 오기 전 죽고 싶은 마음 사약처럼 한 사발 토
해 내고
이윽고 두 눈에 눈물 가득 담고 웃으며 일어서리라.

이곳에서는 아무도 죽지 않는다
드라마나 영화에서 더러 자살할 뿐이다.

사라지다

가창댐에서 신천을 거쳐 동네 앞을 흐르던 실개천 사
라지다
눈알을 먹으면 눈을 밝게 한다던 부리(왕잠자리)와
날개를 만지면 눈을 멀게 한다던 나비들 사라지다
잠자리와 나비 잡던 나무다리 사라지다
하천과 수맥이 이어져 있던 우물 속에서 왔다갔다 하던
팔뚝만 한 물고기들 사라지다
동네에 복개도로와 백화점 생기다

돈을 뿌리고 다니던 미친 할머니 사라지다
장군집 부티나던 딸래미 사라지다
월남 다녀온 김 상사가 가져온 우리 동네 하나밖에 없
던 TV,
같이 TV 보던 친구들 사라지다
이병놀이 하고 먼 길 돌아오면 동네 아이들 다 집으로
사라지고

골목길 사라지고 태양 사라지고
아주까리, 명아주, 쇠무릎, 개비름 사라지고
생쌀 먹으면 엄마 일찍 죽는다던 어머니 사라지다

지금 대백플라자 주차장 자리에 있던 옛집 사라지고
그 자리에 그려진 벽화
이병놀이, 차기말, 말뚝박기, 십자가생, 딱지치기, 구슬
치기, 돼지붕알땡땡……
놀이에 지쳐 생쌀 한 줌 먹고 쉴 때 그린 벽화들
주차하는 자동차들의 배기가스가 조금씩 지우다
점점 사라지다.

희망사항

시가 아니어도 좋으리
시인이 아니어도 좋으리
그냥 쓰리니

언젠가 월석(月石) 같은 시 하나 건지면 좋으리
언젠가 물단풍 같은 시 하나 찾으면 좋으리
언젠가 파란 장미 같은 시 하나 만나면 좋으리
보통사람들이 좋아하는 그런 시 하나 쓰면 좋으리
아름답고 슬픈 사랑의 시 한 편 쓰면 좋으리
평생
삼류가수가 되어 노래 불러도 좋으리

고목이 아름다운 이유

딱 그 나이만한 그늘을 만들어 내는 것
남의 자리를 탐내지 않고 자기 자리를 지키는 것
바람과 태양과 소낙비와 이슬과 눈을 감내하는 것
벼락을 맞아도 견디는 것
벌레에게는 싱싱한 잎을
새들에게는 줄기에 새끼 기를 구멍을 기꺼이 내어 주
는 것
미국 영화배우 숀 코네리처럼 멋있게 늙어가는 것
숨이 붙어 있는 날까지 우듬지를 향해 꽃을 밀어올려 피우
는 것
지금은 환관들이 희희낙락하는 시대
곡학아세의 시대
그걸 천둥같이 꾸짖는 고목 같은 어른이
이제 우리 곁에 드물다는 것.

질금*

지인이 내게 묻는다
질금을 아느냐고
내가 대답한다
단술 만들 때 들어가는 그것 아니냐고
아밀라제까지 등장하고 얘기는 마무리 되었다.

갑자기 이런 생각이 들었다
단술 만드는 법을 배워뒀어야 했다
내가 단술을 워낙 좋아했기에
어머니가 자주 만들어주셨고 늘 맛있게 먹었지만
만드는 방법을 물은 적은 한번도 없었다
그 외에도 이런저런 요리법을 물었더라면
야가 와이카노 하면서도
어머니는 아마 웃으면서 가르쳐주셨을 것이다
살아 생전 모자지간에 정도 생기고
배우는 것도 많았을 것이다

이제서야 고등어조림 만드는 법과
콩자반 만드는 법과 물김치 담그는 법과
가지무침 만드는 법도 배우고 싶은 생각이 드니
세상에 이런 뒷북이 없다.

아들아
너는 엄마에게 꼭 물어서 배우렴
나도 이제부터 아내에게라도
계란 삶는 법부터
밤, 고구마 삶는 법도 눈여겨보리라
된장 끓이는 법도 물어 배우리라.

* 엿기름

배꽃

꽃을 줄곧 따라 다녔더니
좋아지는 꽃도 생기게 마련이더라.

꽃도 많고 많지만
배꽃이 제일이더라.

자태는 수로부인인양 눈부시고
향기는 밤꽃보다도 진해 현기증이 나더라.

사랑하는 사람에게 배꽃 같은 사람이라고 꼭 불러주고
싶더라.
　누구나 한 때는 배꽃 같은 사랑이 있었으리라.
　어느날 4월 바람에 배꽃같이 후두둑 지기도 했으리라.
　삭신은 무너지고 흰 뼈만 남았으리라.

나의 배꽃은 누구였더라

그대의 배꽃은 누구시더라?

느긋함, 겸허함, 혹은 과묵함의 아름다움

배창환(시인)

  글에 앞서 변명부터 늘어놓는다는 게 또 우습고 말 안 되는 일이지만, 벌써 세상에 나왔어야 할 박우현 시인의 이 시집이 이제야 나오게 된 것은 전적으로 내게 책임이 있다. 지난해 원고를 빨리 내달라고 닦달해 놓고, 막상 원고를 받아놓은 다음에는 내가 늑장부렸다. 이후 잠시도 글'숙제'를 잊은 적은 없었지만, 세상이 정신을 놓고 돌아가는 시기이기도 했고, 나 또한 좀 멍한 상태에 놓여 있어서 도대체 뭐부터 써야 할지 마음이 잡히지 않았고, 원고를 읽다 말고는 다른 책을 기웃거리고, 핑계거리가 있으면 옳다구나 하고 덮고 딴전을 피우다 보니 시기를 놓쳐 버린 탓이다.

  그러다가 무언가 등줄기에서부터 목구멍까지 꽉 차올라서 벼랑 끝에 선 듯한 압박감에 벌떡 일어나 연필을 들었다. 그런데도 그새 시인은 독촉 전화 한 번 없었고, 지난해 그가 근무하는 학교

88

에서 만든 문예지와 학생용 달력 하나 우편으로 보내온 것이 전부였다. (그때도 나는 뜨끔했고, 그것이 무얼 의미하는 것인지를 알면서도 다시 늑장의 세계로 빠져 들어갔다) 아무리 급해도 차분하게 길을 찾아가는 박우현 시인의 '느긋함'의 체질은 이 상황에서도 발현되고 있는 듯해서, 아마도 그를 특징짓는 심성의 하나로 보아도 되겠다는 생각이 들었다.

시도 언제 쓴다는 소리 소문도 없이 오래도록 혼자 써 왔고(그가 내게 지방의 어느 출판사에서 인쇄한 첫 시집을 보내온 다음에야 알았으니, 나도 최소한 삼십년 이상을 모르고 살았다), 이후 「녹색평론」과 「사람의 문학」에 박 시인을 소개하여 시 작품을 수록한 일이 있는데, 그러고 보니 그는 스스로 조용히 시집을 내고, 후배가 억지로 등을 떠밀어 반강제로 등단한 셈이다. 내가 소속된 작가모임에도 가입하여 활동하자니까, 쑥스러운지, 겸연쩍게 웃으면서 "아직, 내가, 뭘······" 하며 보류하기를 벌써 몇 년이다. 그리고 내가 알기에는 시인들과의 교류도 별로 없는 듯하다.

그는 사람들이 어딘가를 향해서 마구 몰려서 달려갈 때도 혼자 천천히, 호시우보(虎視牛步)하듯 느긋하고, 말도 차분하고 느리게, 한두 마디 웃음 섞어서 하곤 할 뿐이다. 그의 시를 읽으면서, 당연한 이야기지만, 나는 그의 시가 그를 꼭 닮았다고 느낀다. 요즘처럼 자기 시의 표정 앞에 요란을 떨거나 애매모호하게 연막을 피우고 커튼을 드리우는 시가 난무하는 시대에, 자신을 쏙 빼 닮은 시를 쓰는 것을 보면, 그는 천생 시류와는 거리가 멀어도 한참 먼 시인이다.

그때는 그때의 아름다움을 모른다

하지만 그는 '그때는 그때의 아름다움을 모른다'는 시로 이미 많은 독자들에게 알려져 있다. 인터넷 카페나 블로그, 웹문서 게시판 트위터 등에 이 시는 '감동 글'로 올라와 있고, 내가 최근 몇 년 동안 젊은 국어교사들을 상대로 해 온 어떤 시 교육 강좌에서, 늘 그의 이 시를, 이 시대의 빼어난 서정시들과 함께 수록하여 통독하도록 한 뒤, 모둠별로 좋은 시를 두세 편 골라 토의하게 했을 때마다 참가한 교사들 사이에서 가장 감동적인 시의 하나로 읽히는 것을 줄곧 보아왔다.

또 내가 아이들과 문학 수업을 시작하는 3월 첫 주에는 이 시를 복사해서 나눠주고 〈지식채널e〉의 '아저씨의 대답'이란 동영상을 들려준 다음, 몇 가지 물음을 주면 아이들은 금방 진지하게 답을 했고, 아이들이 각자 뽑은 가장 좋은 시에는 거의 빠짐없이 이 시가 등장했다. 말하자면 그는 이 시대의 청장년 독자들이 널리 공감하고 좋아하는 시를 쓰는 시인이다. 그리고 이 시는 우리가 살아가는 생의 굽이에서 언제나 다시 읽고 싶은 시로 남을 명

편(名篇)으로 자리 잡아 가고 있다.

이십대에는
서른이 두려웠다
서른이 되면 죽는 줄 알았다
이윽고 서른이 되었고 싱겁게 난 살아 있었다
마흔이 되니
그때가 그리 아름다운 나이였다

삼십대에는
마흔이 무서웠다
마흔이 되면 세상 끝나는 줄 알았다
이윽고 마흔이 되었고 난 슬프게 멀쩡했다
쉰이 되니
그때가 그리 아름다운 나이였다

예순이 되면 쉰이 그러리라
일흔이 되면 예순이 그러리라

죽음 앞에서
모든 그때는 절정이다

모든 나이는 꽃이다

다만 그때는 그때의 아름다움을 모를 뿐이다.

　　　　　　　　　-「그때는 그때의 아름다움을 모른다」(전문)

학산에는 개망초가 하나도 없었다!

'죽음 앞에서/ 모든 그때는 절정'이며, 그래서 '모든 나이는 아름답다'는 선언은 순간을 살면서 영원을 사는 모든 존재의 본질과 가치를 깨달은 사람의 입에서 나올 수 있는 말이다. 사람이건 다른 생명체이건 고독한 존재인 모든 살아 있는 것들에 보내는 그의 연민의 시선은, 이처럼 순간을 살면서 영원을 이어가는, 말하자면 생명이 영원히 사는 법이 바로 순간에 있고, 그것의 연속이 시공 속에서 슬쩍 모습을 드러낸다는 점에 주목하고 있다.

박우현 시인은 아름다움이란 말에 오래도록 천착해 오고 있음을 그의 시 여기저기에서 확인할 수 있다. 지상의 가치라 할 수 있는 아름다움조차 획일화 되고 상품화 되어 사람의 마음과 눈을 홀리고 흐리우는 세상에서, 그의 주된 관심은 인위적이고 성형 조작된 미가 아니라, 생명 그 자체가 뿜어내는 자연스러운, 살아 있는 아름다움이며, 그것이 주로 모든 생명체를 통해서 발현된다는 점에 가 있는 듯하다. 그에게 아름다움이란 고정불변의 관념이 아니라, 영원 속에서 순간의 시공을 사는 생명체가 시시

각각으로 발산해 내는 어떤 반짝임 같은 것이다.

    그 전까지
    학산에는 개망초가 하나도 없었다.

    강원도 평창 어느 길섶에서 우연히 그 이름을 배웠다
    그 이름을 알고
    오늘 학산에 오르니
    개망초가 지천으로 피어 있다.

- 「학산2」(일부)

    사람보다 길이 많은 학산이지만
    그래도 사람들이 잘 다니지 않는 길도 있다
    오늘 그 길에서 각시붓꽃을 처음 만나다
    내 몸 속으로 전기가 지나가다
    이제부터 이 길을 각시붓꽃 길이라 부르련다
    이제 너를 5월의 신부라 부르련다
    날씬한 몸매에 흰 줄 무늬가 있는 보라색 상의와
    녹색 치마를 입고 있다.
    (중략)
    생(生)의 절정이 어찌 따로 있단 말인가!

- 「각시붓꽃」(일부)

개망초를 몰랐을 때, '학산에는 개망초가 하나도 없었'지만, 그 이름을 알고 '학산에 오르니/ 개망초가 지천으로 피어 있다.'는 것은 그가 개망초 가까이에 다가간 것이기도 하지만, 개망초가 그를 살짝 불러낸 것이라고도 할 수 있다. 개망초의 발견은 곧 '나' 이외의 세계에서 생명의 존재를 발견한 것이고, 생명체와 나의 관계의 발견이면서 그 관계 속에서 내 존재를 발견하는 일이다. 그것은 거대 자본이 강요하는 살인적인 경쟁과 매개된 물질적 욕망 속에 일그러진 일상에서 벗어나 존재의 아름다움 속으로 나를 적극 밀어 넣는 일이고, 개망초(자연)의 부름에 응답하는 새로운 삶을 지향하겠다는 의지의 표현이라 할 수 있다. 원래부터 '학산에는 개망초가 하나도 없었'던 것이 아니라, 그때까지 개망초가 없었던(눈에 띄지 않는) 삶을 살았다는 것이며, 이제는 개망초가 가득한 삶으로, 돌아왔다는 것이다.

그리하여 마침내 자연과 한 몸으로 교감하는 시인에게 자연의 아름다움은 곧 전율로 다가온다. 각시붓꽃 하나가 몸속에 전류를 흐르게 하고, '5월의 신부'가 되어 돌아오고, 마침내 길 전체가 각시붓꽃 길이 되는 것을 체험한다. '학교 운동장 잔디밭에는/ 온통 꽃다지의 봄의 합창 소리로 가득 차 있지만/ 그 소리를 듣는 사람이 보이지 않'음을 탄식하면서 그 혼자 봄의 소리를 듣는다.('꽃다지') 그리고 '여름 아침/ 달개비들이 일제히 파란 등불을 켜고/ 뿌윰한 어둠을 걷어내'면서 '미사를 드리'는 것을 보면서 감동에 젖는다.

이름이 천하다고 해서 그 본질이 천하겠는가
흔하되 흔하지 않고 천하되 천하지 않다
....
가장 낮은 곳에서 저토록 작고 아름다운 꽃을 피우니
- 「달개비」(일부)

이처럼 그의 시가 그려낸 아름다움은 역설(逆說)로 가득하다. 그의 눈이, 마음이, 깊어지고 넓어지고 생명에 가까워지고 민감해졌다는 뜻이다. 이것은 분명 삶의 대전환이다. 이러니 '생(生)의 절정이 어찌 따로 있'을 것인가! 모든 순간이 절정이 아니겠는가.

새 없는 하늘 같은 쓸쓸한 강

이리하여 그는 틈이 나면 편안히 쉬는 대신, 들판으로 강으로, 산으로 산 생명들을 만나러 간다. 그리고 진지하게, 대상들을 관찰하면서 자아를 성찰하고 격물치지(格物致知)하는 생활을 몸에 익혀 왔다. 한때 오래 전에는 물고기 공부를 하느라 집안에 큰 수족관을 갖다놓고 산천에서 모셔온 아름다운 물고기들을 밤낮으로 먹여 살리며(?) 아껴보곤 했는데(지금도 그때 그 수족관과, 그 속에서 여유롭게 뛰놀던 희귀한 물고기들이 잘 있는지 알 수 없지만) 그 무렵의 박 시인은 물고기를 만나려고 물가에 가서는 물고기를 잡아서 자기 집으로 모셔오거나 대지의 집으로 돌려보내는 모순 행위를 통해서 생명체에 대한 사랑과 나름의 '도(道)'를 닦았던 듯하다.

> 인간 지식의 유한함과 턱없는 오만함을 일깨워주는
> 신기하고 매력 있는 녀석
> 격론 끝에 매운탕의 위기에서 벗어나
> 다시 강으로 돌아가다
> 뱀장어가 들어가지 않아도
> 그 날 매운탕은 맛있었고 소주는 달았고
> 왠지 기분이 좋았다
>
> ― 「뱀장어」(일부)

> 개망초는 이제 우리꽃 아닌가
> 그들 또한 위천을 뛰노는 신명난 생명이 아닌가
> 낚싯대를 거둘 시간이 되어도

96

그들을 죽일 뚜렷한 죄를 찾지 못한다.

-「가을강에서」(일부)

'다음 낚시 때도 같은 고민을 할 것 같지만 / 생(生)은 언제나 이념과 논리 앞에' 있고, '그 옆에는 또한 / 눈 마주치는 쓸쓸한 연민'이 있으므로 시인은 뱀장어도 '방생(放生)'해 주고, '블루길과 배스'도 '외래어'쯤으로 인정하고 '패대기 치'거나 '매운탕'이나 '소금구이'하고, '개 사료로 보내'는 대신 그들을 다시 강으로 돌려보내는 것이다.

하지만 시인의 생명 연민에 근거한 이런 '심각한' 사랑조차, 반(反)자연적이고 천민적이며 탐욕적인 거대 자본과 비민주적인 독재 권력의 결탁 앞에 생명체 생존을 위한 기본적인 토대까지 남김없이, 무자비하게 파괴되어 가는 이 시대의 거울에 비추어 다시 읽어보면, 참 순진하고 낭만적으로까지 비쳐지는 비극적인 현실을 우리는 살고 있다.

생명의 공간인 마을(세상)은 이미 파괴될 대로 파괴되고 있고, 강도 파헤쳐지고 뒤집어지고 산 같은 보를 막아 물고기들이 오가며 살 수 없는 죽음의 공간으로 오염되었다. 그만큼 인간들의 영혼도 내상(內傷)이 깊어질 수밖에 없다. 대지와 함께 살아 왔고 대지의 일부로서 대지를 떠나서는 살 수 없는 인간이, 그 어머니 대지가 앓고 죽어가고 있는 현실에서 어떻게 자유로울 수 있으며, 생명체의 작은 숨소리도 크게 듣는 시인이, 오늘의 이 현실을 어떻게 분노와 아픔 없이 가만 앉아서 바라보며 또 받아들일 수 있겠는가. 마침내 시인은 이 엄혹한 상황을 한마디로 '사라지다'라는 말로 노래한다. 조용한 절규다.

가창댐에서 신천을 거쳐 동네 앞을 흐르던 실개천 사라지다
눈알을 먹으면 눈을 밝게 한다던 부리(왕잠자리)와
날개를 만지면 우리의 눈을 멀게 한다던 나비들 사라지다
하천과 수맥이 이어져 있던 우물 속에서 왔다갔다 하던
팔뚝만 한 물고기들 사라지다
동네에 복개도로와 백화점 생기다

돈을 뿌리고 다니던 미친 할머니 사라지다
월남 다녀온 김 상사가 가져온 우리 동네 하나밖에 없던 TV,
같이 TV 보던 친구들 사라지다
이병놀이하고 먼 길 돌아오면 동네 아이들 다 집으로 사라지고
골목길 사라지고 낮 사라지고
아주까리, 명아주, 쇠무릎 사라지고

　　　　　　　　　　　　　　　　　- 「사라지다」(일부)

'새 없는 하늘 같은 쓸쓸한 강'(「위천 보고서」) 처럼 날로 적

98

막혀져 가는 세상, 생명 있는 모든 것이 사라지는 시대, 생명을 압살하는 것들이 그 자리를 대신하는 이 시대에 시인이 할 수 있는 것은 무엇일까? 우리는 김수영 시인의 표현처럼 정말 너무 작아지고 있는 것일까? 먹고 사는 일과, 사람의 숨소리까지도 감시할 수 있을 정도로 거대해져 버린 권력이 쳐놓은 촘촘한 그물 아래에서 그냥 작아질 일만 남은 것일까?

고독한, 고독하지 않은, 겸허하고 과묵한

시인의 외침이 간간이 들려온다. '대한민국의 삽질이여/ 이제 제발 좀 그대로 두자'고 외치거나, '그런데/ 4대강 사업은 도대체 어떤 적(的)일까?'(「순천만에서」)라고 혼자 중얼거리기도 한다. 이 목소리는 우레 같은 '삽질'소리에 묻혀 아직 잘 들리지 않는다. 하지만 그는 아직 길거리에서 로또를 사는 아줌마의 소리에도 마음 열어 귀를 기울이고 있고(「길거리 대화」), 온갖 경계에 거미줄을 치는 거미를 보면서 '밥을 먹는다는 것은/ 목숨을 거는 일'임을 간파하기도 한다.(「거미와 밥」) 또, 외과 병원에서는 '과식'과 '과음'보다 '배설의 기쁨'이 진정한 행복임을 깨닫고는 '똥구멍이 부처'라고 노래하기도 한다.(「어느 외과에서」)

이처럼 그의 시에는 우리가 일상 속에서 잊고 있던 것들을 일깨워주면서 사물을 다시 보게 하는 힘이 있다. 그리고 자신을 객

관화하여 바라보는 힘이 있다. 그 힘으로 그의 시는 마음의 깊은 곳에서 지각을 뚫고 솟아오르는 샘물처럼 바다에까지 거침없이 흘러갈 것이므로 결코 작지 않다는 믿음을 우리에게 준다. 그리하여 온갖 꽃과, 물고기와, 살아 있는 모든 것들 속에서 찾아왔던 그의 아름다움은 마침내 '고목'에서 스스로의 모습을 드러내고 있다.

딱 그 나이만 한 그늘을 만들어 내는 것
남의 자리를 탐내지 않고 자기 자리를 지키는 것
바람과 태양과 소낙비와 이슬과 눈을 감내하는 것
벼락을 맞아도 견디는 것
벌레에게는 싱싱한 잎을
새들에게는 줄기에 새끼 기를 구멍을 기꺼이 내어 주는 것
                                   - 「고목이 아름다운 이유」(일부)

그리고 그는 스스로를 온갖 길에서 아직도 '문외한'이라 규정하면서, '그만/ 집에 가서/ 공부나 하거라'고 스스로에게 타이른다. 그는 자신의 시가, '시가 아니어도 좋'고, 스스로 '시인이 아니어도 좋'다고 말한다. '그냥 쓰'겠다는 것이다. 그러면서 '월석(月石) 같'고, '물단풍 같'고, '파란 장미 같은' 시, '보통 사람들이 좋아하는 시', '아름답고 슬픈 사랑의 시'(「희망 사

항」)를 쓰는 것이 희망이라 노래한다. 이처럼 그는 겸허하다. 그의 걸음은 느리지만 느긋하다. 그는 스스로를 '꺽지'에 비유하면서, 이렇게 묘사한다.

먹이를 위하여 서둘지 않는다, 어슬렁거린다
그는 죽은 것을 먹지 않는다, 차라리 굶어 죽는다
그는 고독하다, 늘 혼자다
그는 고독하지 않다,

- 「꺽지」(일부)

그의 자화상이라 할 수 있는 이 시에서 그는 스스로 '굶어 죽'을 지언정 '죽은 것은 먹지 않'는 '킬리만자로의 표범을 닮'았다고 말하는데, 내가 보기에는 밤을 낮 삼아 공부하는 과묵한 조선 선비 같은 풍모를 지니고 있다. 그리고 그가 스스로 고독하면서도 고독하지 않을 수 있는 것은 오랜 시간을 홀로 단련해 온 내공 때문이라 나는 믿는다. 하지만 나는 그의 시 공부와 세상 공부, 생명 생태 공부가 이제 공부방을 나와서 혼탁한 탁류의, 온갖 저속한 욕망이 판을 더럽히며 흘러가는 이 세상 속에서도 속도를 낼 수 있을 것으로 믿는다. 그리하여 그의 희망처럼 보통 사람들이 좋아하는 참 아름답고 슬픈 시를 우리 앞에 꽃밭 한 가득 피워내 놓을 것이라 생각한다. 우리가 그런 시를 기다리고

있고, 그 또한 이미 저기 저렇게, 그 특유의 걸음걸이로, 걸어가
고 있으므로.